천국보다 성스러운

오프닝 그래픽

변영근

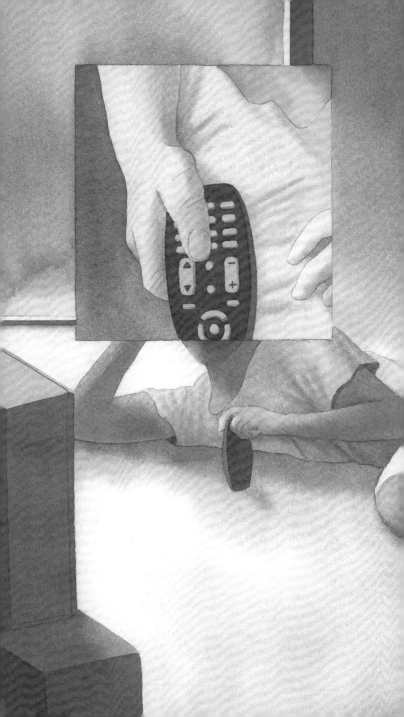

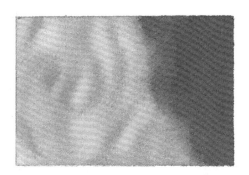

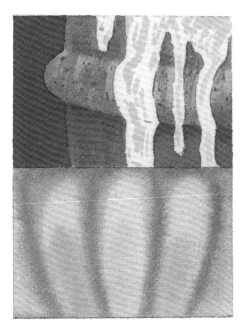

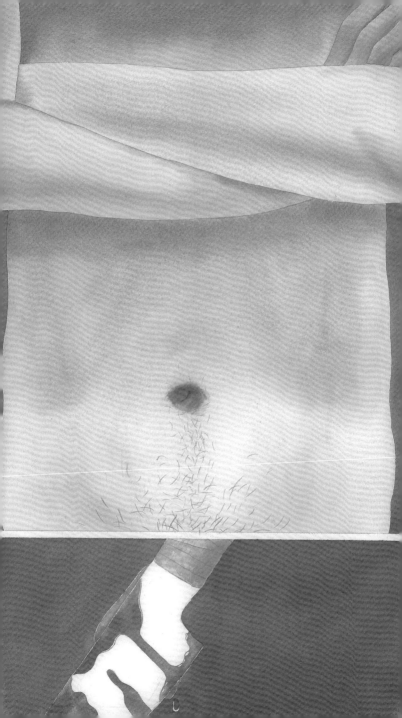

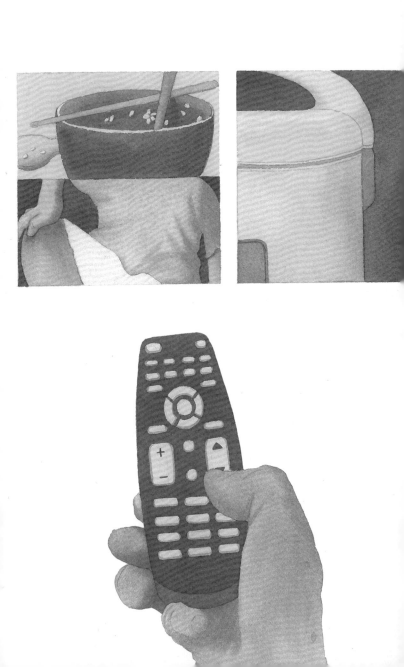

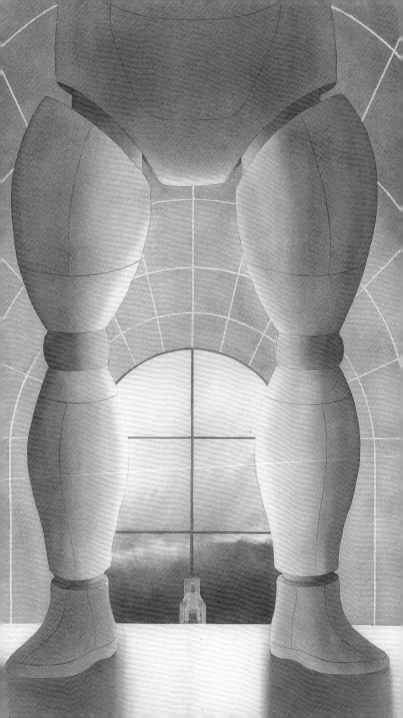

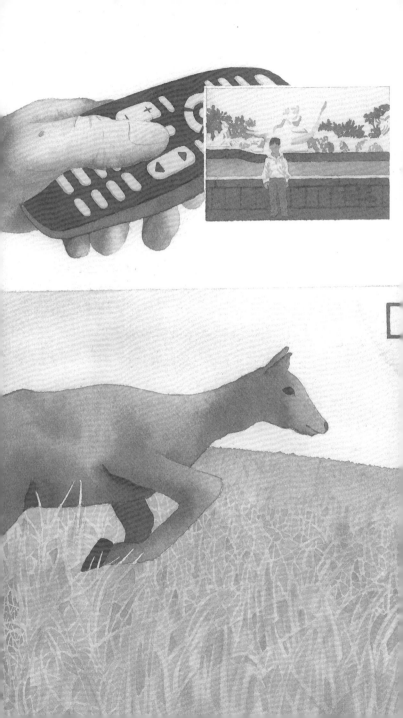

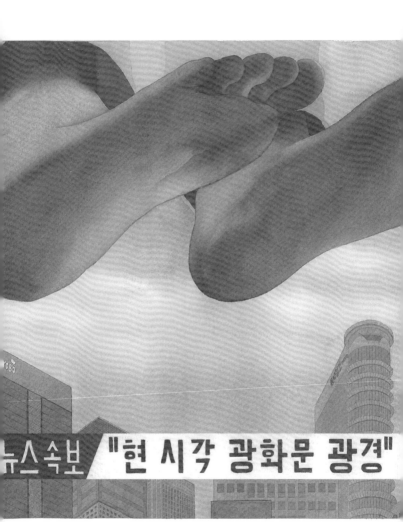

뉴스속보 / "현 시각 광화문 광경"

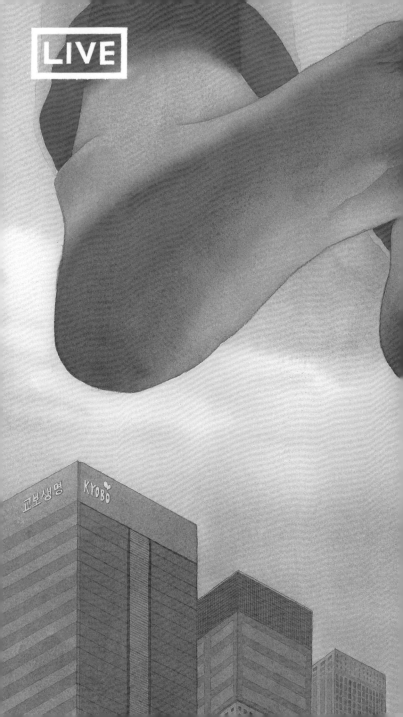

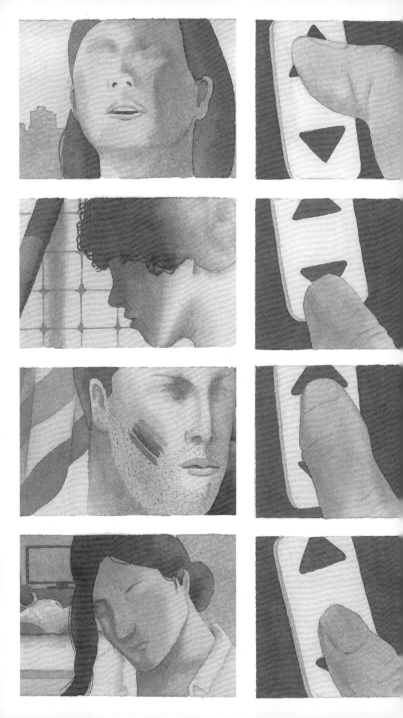

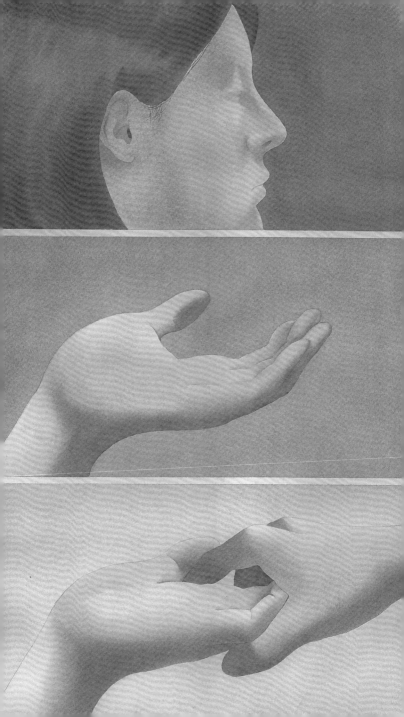

천국보다 성스러운

천국보다 성스러운

김보영

그래픽
변영근

차례

◉

◉

1

보온밥통이 칙칙 김을 뿜으며 "밥이 곧 완성됩니다" 하고 경쾌하게 알린다.

　양은 냄비에서 물이 끓자 영희는 후드를 켰다. 휘이잉 바람 빠지는 소리를 들으며 거품을 따라 오르내리는 마른 멸치를 체에 거른다. 싱크대에 체를 탁탁 털고 멸치를 음식물 쓰레기통에 버린다. 된장을 한 수저 물에 풀고는 미리 깍둑썰기 해둔 호박과 감자와 버섯을 쓸어 담는다.

　불 앞에 있으니 몸이 훅 더워졌다. 후드로는 열기가 빠지지 않아 영희는 창을 열었다.

부엌 창은 너무 작아 바람이 쉬이 들지 않는다. 싱크대는 영희의 키에 맞지 않고 조리대는 간단한 요리를 하기에도 형편없이 좁다. 누가 이 부엌을 만들었든 한 번도 제 손으로 국을 끓여본 적이 없는 사람일 것이다. 국을 끓이지 않아도 삶에 불편을 느끼지 않았던 사람이었을 것이다….

그리고 그녀의 아버지는 방에 드러누워 있다.

그는 십 초에 한 번씩 채널을 돌린다. 오백여 개의 채널을 다 돌면 처음부터 다시 한 바퀴 돈다. 그는 제 손가락질에 제꺽제꺽 반응해주는 TV의 지치지 않는 충성심에 위안을 얻는 듯하다.

그는 TV의 깜박임 속에서 여생을 보낸다. 밤이면 TV를 켠 채 잠이 든다. 누가 끌라치면 그 기척에 깨어 다시 채널을 돌리다가 TV가 켜져 있는 것에 위안을 받으며 잠을 청한다. 그리고 아버지는 밥을 하지 않는다. 영희는 오늘따라 그 모순에 대해 생각한다.

퇴근하자마자 옷을 갈아입을 새도 없이 허겁지겁 부엌에 들어온 참이었다. 그녀는 밖에서 일을 해야 한다. 누구도 그녀 대신 돈을 벌어다주지 않기 때문이다. 그녀는 집에서 밥을 해야 한다. 누구도 그녀 대신 밥을 해주지 않기 때문이다. 그녀는 오늘따라 그 모순에 대해 생각한다.

영희는 가끔 새 가정을 상상한다. 다정한 남편과 귀여운 아이들을 생각한다. 하지만 결혼은 그녀의 고단함을 두 배로 혹은 세 배로 늘릴 것이다. 남편은 제 한 몸 건사할 돈밖에 벌어다주지 않을 것이다. 그리고 그는 밥을 하지 않을 것이다. 또 아무도 그녀의 아기에게 밥을 지어주지 않을 것이다. 그들은 밥하는 일 따위는 대단치 않은 일이라 생각하기에 그녀가 얼마든지 쉽사리 해낼 수 있으리라 생각한다. 하지만 가족 중 아무도 그 대단치 않은 일을 하지 않을 것이다. 그녀는 국에 간장을 풀며 그 문제에 대해 생각한다.

영희의 아버지는 깊은 슬픔에 빠져 있다.

그는 오십 세에 은퇴했고 일을 하지 않은 지 올해로 십 년이 되었다. 그는 소박한 사람이라 삶에 그다지 바라는 것이 없다. 부귀영화도 좋은 집도 세계 일주도 원치 않는다. 단지 삼시 세끼 따뜻한 밥과 된장

국이 그의 방 앞에 놓이기를 바란다.

  그는 이처럼 소시민적인 꿈을 이루기가 왜 이토록 고단한지 매일 의문한다. 어쩌면 강성주의자들이 젊은이들을 홀렸을지도 모른다. 공산주의자들이 뭔가 했거나 정부 차원에서 모종의 음모가 작동하는지도 모른다. 그러지 않고서야 나처럼 선량하고 무해한 사람이 이토록 구차하게 살 리가 있는가.

  그의 아내는 그 대단찮은 노동을 참 힘들어했다. 참 게을러빠진 사람이었지. 남들 다 하는 일인데 뭐 그리 힘들다고. 평생 내가 벌어다 준 돈으로 먹고살았으면서 말이지.

  나이가 들면서는 점점 밥하는 게 시원찮아졌다. 언제부터인가는 시들시들하며 병원에 입원했다 돌아오기를 반복하더니 영영 돌아오지 않았다. 그는 이제 누가 내 밥을 해주느냐고 육성으로 말하며 울었다. 딸애는 새벽녘에 나갔다가 저녁에야 돌아온다. 한동안은 여동생이 와서 밥을 해주었고 또 한동안은 조카애들이 왔다. 하지만 다들 슬슬 발이 뜸해지더니 이제는 아무도 오지 않는다.

무정한 사람들 같으니라고. 그는 신세 한탄을 한다. 요새 세상이 어떻게 되어먹었기에 아내까지 잃은 불쌍한 늙은이 하나 돌볼 사람이 없단 말인가.

그는 채널을 돌리며 구차함을 잊고자 한다. 그는 선한 사람이고 사는 게 별 볼 일 없다는 것도 이해한다. 그러다가도 고작 삼시 세끼 먹기가 왜 이리 서러운가 싶어 울화통이 터지곤 한다.

그는 알지 못한다. 아주 간단히 그 구차함에서 빠져나올 수 있다는 것을. 가족에게서 괄시 대신 사랑을, 멸시 대신 존경을 받을 수 있다는 것을. 가족의 화목과 삶의 풍요가 그의 것이 되리라는 것을. 잃어버린 모든 품위와 권위를 돌려받을 수 있다는 것을. 그가 지금 자리에서 일어나 부엌에 들어가기만 한다면.

쌀을 씻어 밥통에 넣고, 냄비에 국을 앉히기만 한다면. 더러워진 옷을 세탁기에 넣어 돌리기만 한다면. 빗자루를 들어 집을 쓸고 걸레질을 한다면.

하지만 그는 영영 깨닫지 못할 것이다. 그의 비천함은 오직 그가 하루를 온전히 홀로 생존하지 못하는 데에서 온다는 것을. 그의 구차함은 오로지 남이 지은 밥을 대가 없이 제 입에 쑤셔 넣는 데에서 온다는 것을.

영희는 냄비 뚜껑을 닫고 감자가 익기를 기다리며 싱크대에 몸을 기댔다.

유난히도 노을이 붉은 저녁이다.

하늘은 붉은 물감을 풀어놓은 바다처럼 빛났다. 비가 오더라니. 이런 날은 햇빛을 산란할 입자가 많아 하늘이 유난히도 붉기 마련이다. 가랑비가 하늘에 물방울이라는 보석 알갱이를 별처럼 뿌려놓았으니까. 과학이 지배하지 않는 시절이었다면, 신관들이며 점쟁이들이 거리에 나와 신께서 계시를 보여주고 계신다느니 하며 오두방정을 떨었으련만.

문득 영희의 마음에 정체불명의 시구가 떠올랐다. 영희는 시구에 가락을 담아 흥얼거렸다.

하늘에서 신이 내려왔습니다
그 신은 남자의 모습을 하고 있었습니다
그날 이후로 모든 것이 변했습니다

그리고 연이어 한 이야기가 떠올랐다.

어릴 때 영희는 밤마다 이불 속에서 잠을 청하며 이런저런 이야기를 상상하곤 했다. 눈을 감고 있노라면 침침한 어둠 속에서 상상이 그려내는 총천연색의 풍경이 떠오르곤 했다. 그 이야기는 주로 이렇게 시작했다. 하늘에서 신이 내려왔습니다….

첫 번째 이야기

✳

하늘에서 신이 내려왔습니다
그 신은 남자의 모습을 하고 있었습니다
그날 이후로 모든 것이 변했습니다

노을이 유달리도 붉게 타던 어느 날이었다.

신이 세상을 만든 지 그리 오래지 않은 무렵이었다. 신은 문득 구름 아래 세상을 내려다보았다.

세상은 그럭저럭 돌아가고 있었다. 사람들은 사는 법을 아는 듯했다. 나이가 많은 사람들은 아이들을 돌보았고, 아이들은 그보다 어린 아이들을 돌보았다. 너무 어려 누구를 돌볼 수 없는 아이들은 작은 짐승을 돌보았다. 사람들은 아침이면 사냥을 하고 열매를 따고 작물을 키웠다. 집에 돌아오면 한자리에 모여 앉아 큰 솥에 작물이며 사냥해온 고기를 찌고 구우며 이야기꽃을 피웠다. 다 함께 집 안팎을 쓸고 닦은 뒤, 등잔불 아래서 자수와 바느질을 했다.

세상은 그럭저럭 돌아가는 듯싶었지만 신이 보기에 한 가지 부족한 점이 있었다. 세상에는 아직 남녀의 구별이 없었다.

그들은 모든 일을 같이 했다. 들에서는 다 함께 무장을 하고 짐승을 잡고, 집에서는 남편과 아내가 같이 아이를 돌보며 요리를 했다. 정사를 논하는 자리에서도 모두 함께였으며 평등하게 공사를 정했다.

신이 보기에 세상에는 좀 더 질서가 필요했다. 그래서 신은 지상에 내려와 사람들에게 말했다.

"남자는 우수하고 여자는 열등하다."

신은 그 말을 남기고 도로 하늘로 올라갔다.

＊

신의 말씀을 들은 남자들은 일제히 자신의 고추를 내려다보았고 두 손으로 그것을 소중하게 감싸 안았다.

그날 이후로 남자들은 매일 회당에 모여 자신의 물

건에 대해 말하기 시작했다. 그것이 얼마나 사랑스럽고 아름다우며 훌륭하고 대단한지 토론했다. 왜냐하면 신은 남자에게 세상을 주셨지만, 남자와 여자를 나누는 기준은 고추뿐이기 때문이었다.

밤이면 남자들은 제 물건을 사랑스레 쓰다듬으며 애지중지 속삭였다. 내 분신이여, 생명이여, 내 존엄의 원천이여. 네 빛깔과 크기는 내 자부심이며 긍지라. 아침마다 힘 있게 벌떡벌떡 서는 네 모습은 내 자랑거리이니.

그들은 고추를 사랑스러워하다 못해 슬쩍슬쩍 서로 크기와 두께를 비교하기 시작했다. 물건이 작은 남자를 얕잡아 보았고 강건하고 우람한 물건을 가진 남자는 찬양했다. 왜냐하면 신은 남자에게 세상을 주셨지만, 실상 남자와 여자를 구분하는 기준은 그것뿐이기 때문이었다.

그들은 고추가 사랑스러운 나머지 여자들도 고추를 동경하고 갖고 싶어 애태우리라 믿어 의심치 않았다.

고추에 대한 여자들의 생각은 물론 변했다. 이전에

그것은 팔다리와 마찬가지로 함께 살아가는 사람들의 신체 중 일부였고 그 자체로 가치가 있었다. 하지만 이제 그것은 흉물스럽고 지긋지긋한 것이 되었다. 남자들이 온종일 고추만 생각하는 것에 여자들은 삽시간에 신물이 났다.

삶에는 고추 말고도 많은 것이 필요했다. 아이들을 돌보고 밥을 짓고 옷과 이불을 깨끗이 해야 했다. 그런 일들을 하루라도 게을리 하면 삶은 곧 망가져버리고 아이들은 죽고 말 것이다. 하지만 남자들은 어째서인지 그 모든 일들을 하찮게 여기기 시작했다. 그들은 마치 고추만 갖고 있으면 삶에 아무 문제도 없으리라고 믿는 듯했다.

별수 없이 여자들은 남자들이 회당에서 고추를 논하는 동안 집을 치우고 먹을 것을 장만하며 아이를 돌보았다. 그러지 않으면 삶은 곧 망가져버리고 말 테니까.

*

그러던 어느 날이었다. 한 남자가 세상을 다 잃은 양 울며 회당으로 들어왔다. 그는 안타깝게도 고환에 병이 들어 고추를 잘라내야 했던 것이다.

남자는 처참한 고통에 몸부림쳤다. 내 분신이여, 네가 없으면 내 전체가 의미가 없으니. 너를 뺀 내 나머지 몸은 아무 가치도 없으니.

여자들은 당혹스러워했다. 당신은 살아 있지 않는가? 몸도 마음도 건강하니 여전히 한 인간으로서 가치를 갖지 않는가? 하지만 남자들은 울부짖는 그에게 공감하며 애도를 쏟아냈다. 그리고 어째서인지 삽시간에 돌아서서 비웃음과 조롱을 날렸다.

"그는 신에게 버림받았다. 이제 자신을 남자로 증명할 것이 없다."

남자들은 그를 여자로 분류하거나, 죄인으로 다루거나, 추방시켜 그 존재를 지워낼 준비를 했다. 하지만 누군가가 반박하자 큰 충격에 빠졌다.

"이 일은 우리 모두에게 일어날 수 있는 일입니다."

그제야 그들은 남자와 여자 사이 단 하나의 차이점이 너무나 작고 연약하다는 것을 깨달았다. 고추는

상처를 입거나 병에 걸려 잃어버릴 수도 있다. 만약 남자가 여자가 될 수도 있고 여자가 남자가 될 수도 있다면 세상의 질서는 다 무너지고야 말 것이다. 우리가 받은 신의 은총은 풍랑에 휘말린 조각배처럼 산산조각이 나고 말 것이다.

"남자로 태어난 우리는 모두 죽을 때까지 남자여야 합니다. 우리에겐 고추보다도 더 많은 남자의 증명이 필요합니다."

*

그리고 세상은 변했다.

이제 남자가 자신을 남자로 증명하는 것은 세상의 그 무엇보다도 중요한 미덕이 되었다. 좋은 사람이 되거나 학문을 닦고 무예를 익히는 것은 그에 비하면 하찮은 문제였다.

여자와 남자는 달라야 했고 모든 면에서 달라야 했다.

학교는 여자아이들을 내쫓았고, 여자들은 일터에

서도 사냥터에서도 쫓겨났다. 부엌에서도 남자아이들은 쫓겨 나갔고, 어른들은 남자아이들에게 부엌에 들어오면 고추가 떨어지리라 으름장을 놓았다.

마르고 작은 여자와 크고 우람한 남자는 찬양받았고, 그렇지 않은 사람은 죄인처럼 조롱과 비난을 받았다.

가슴 또한 고추만큼이나 중요해졌다. 그 또한 남자와 여자를 가르는 중요한 기준이었기 때문이다.

여자의 옷은 오직 가슴을 돋보이게 하기 위한 구조로 만들어졌다. 여자의 몸은 작고 말라야 했지만 가슴은 풍만해야 했다. 이는 어려운 일이었기에 여자들은 가슴을 받쳐 올리는 속옷을 입고 그 안에 두꺼운 솜과 딱딱한 철심을 넣었다. 코르셋으로 허리를 조이고 엉덩이가 산처럼 풍성한 치마를 입었다. 더해서 까치발을 드는 신발을 신어 엉덩이와 가슴이 돋보이는 자세로 걷게 되었다. 그런 옷을 입고는 거의 일을 할 수 없었지만 큰 문제는 아니었다. 중요한 것은 남자와 여자가 구분되는 것뿐이었기 때문에.

남자들은 행여 자신의 말씨와 행동에 여성스러운

면이 있을까 노심초사했다. 혹여 조금이라도 여자의 생각에 물들까 싶어 여자의 말은 그 사람이 어떤 분야의 전문가이든 귀담아 듣지 않았고, 여자가 만든 예술품은 무엇이든 거들떠도 보지 않았다. 딱히 변명할 말이 없어 그것들이 모두 형편없고 유치하다고 떠들었다. 창작을 하는 이들은 행여 자신이 만든 작품에 여자 같은 티가 날까 노심초사했고, 거대한 여자의 가슴이나 살인과 강간에 대해 쓰고 난 뒤에야 겨우 안심하곤 했다.

선량함, 온화함, 따듯함, 자비심, 지혜와 예의는 그 가치를 잃었다. 힘과 폭력, 무례함과 고함 소리가 더 찬양을 받았다.

나이가 든 남자들은 몸이 왜소해지고 고추가 쪼그라들자 남성의 증명이 사라지고 있다는 두려움에 사로잡혔다. 그들은 공포에 질려 거리를 떠돌며 언성을 높였다. 고함을 치고 주먹을 휘두르며 왕년의 자신이 얼마나 남자다웠는지 설파했다.

지성은 몰락하기 시작했다. 이유는 간단했다. 여자는 배울 수 없었지만 남자들은 아이를 돌보지 않았기 때문이다.

배우지 않은 여자들이 아이들을 기르고 그 아이들이 어른이 되자 세상은 다 함께 어리석어졌다. 하지만 이는 남자와 여자가 구분되어야 하는 것에 비하면 그리 중요한 문제가 아니었다.

＊

그렇게 세상에 질서가 잡혀가는 듯 보였다.

그런데 어느 날 괴이한 이들이 생겨났다. 그들은 자연과학자라고 불렸다. 자연과학자들은 아무래도 남자와 여자의 차이가 별거 없는 것 같다고 말했다. 설령 평균적인 차이가 있다 해도 이는 무엇으로 인류를 나누든 생겨나는 차이로, 개체 간 차이가 워낙 커서 의미가 없다고 했다.

그들은 성별이 성염색체에 의해 구분되는데, 성염색체가 하는 일은 성호르몬 분비뿐이며, 성호르몬은 남녀 모두 양쪽을 갖고 있고 단지 그 비율에 의해 성별이 결정된다는 사실도 밝혀냈다. 그러므로 남녀는 확률이다. 젠더는 확률이며 실상 인간의 개체 수만큼 젠더가 있다고 보는 편이 좋다.

남자들은 그 말을 듣고 심히 분개했다. 그들은 자연과학자들에게 닥치라고 했고 닥치지 않으면 험한 꼴을 보게 되리라고 으름장을 놓았다.

어느 날은 또 다른 이들이 나타났다. 어떤 남자들이 이렇게 말하기 시작했다. "내 몸은 남자지만 내 마음은 여자입니다." 어떤 여자들도 말하기 시작했다. "내 몸은 여자지만 내 마음은 남자입니다." 그들은 과학자들과 마찬가지로 성별이 그렇게 완전히 둘로 나뉘는 것 같지 않다고 말했다. 그들의 수도 과학자들만큼이나 많았다.

남자들은 완전히 뚜껑이 열렸다.

"우리가 어디까지 양보해야 한단 말인가. 어디까지 참고, 어디까지 가진 것을 내놓아야 한단 말인가."

만약 남자가 여자가 될 수 있고, 여자가 남자가 될 수도 있다면, 세상의 질서는 다 무너지고 말 것이다. 그들이 그토록 오랜 세월 동안 갖은 애를 써가며 자신이 남자라는 것을 증명해온 노력이 다 헛짓거리가 되고 말 것이다.

*

신은 다시 세상을 내려다보았다.

증오가 세상을 휘감고 있었다. 여자와 남자는 서로를 증오했고 부모와 아이들이 서로를 증오했다. 늙은이와 아이들이 서로를 증오했다.

세상 한구석에서는 아이들이 살해당했다. 딸을 낳은 부모는 아이의 미래와 집안의 몰락을 걱정하며 눈물을 머금고 아이를 죽였다. 그렇게 딸들이 죽고 나자 한 세대 만에 아이를 낳을 여자들이 자취를 감추었다.

다른 세상 한구석에서는 권력자들이 과학자들과 성별이 모호한 이들을 신의 이름으로 살해하고 있었다. 그들은 단순한 방법으로 죽이기에는 너무 많았기에 때로는 한 마을이, 때로는 한 도시가 학살당했다. 그들은 신의 은총과 사랑이 이 성전聖戰에 함께하리라 믿어 의심치 않았다.

이에 신은 만족하며 말했다.

"이제야 세상에 질서가 잡혔구나."

2

영희는 아버지가 너저분하게 뒤적거려놓은 밥그릇과 반찬 그릇을 설거지통에 담았다.

아버지는 오늘도 반찬 타박을 늘어놓았다. 그는 밥이 되고 국이 짜며 김치가 맵다고 했다. 어제 끼니에는 밥이 질고 국이 싱거우며 김치가 밍밍하다고 했다. 그는 밥상에 만족해본 적이 없다. 좋은 밥집에 데려가도 상시 먹는 것이 아니라고 불평하며 끼적이다 나올 때는 밥값을 타박하며 도둑놈들이라는 역정을 잊지 않았다.

그가 왜 그러는지는 모를 일이다. 어떤 현대 의학

이나 정신과학, 심리학도 이 문제를 연구해주지 않는다. 아마도 그 학문에 종사하는 박사들은 누구에게도 반찬 타박을 들어보지 못했을 것이다. 밥이 되다며 혀를 끌끌 차고 눈을 부라리며 젓가락으로 반찬통을 딱딱 치는 사람을 삼시 세끼 앞에 두고 밥을 먹어보지 않았을 것이다. 그래서 그것이 얼마나 중요한 문제인지 잘 모를 것이다.

영희는 해야 할 잔업을 생각하다가 벌써 저문 해를 보며 고단함에 젖었다. 회사는 그녀가 일을 잘하는 줄은 알지만 그녀에게 미래를 기대하지 않는다. 승진 후보에도 올리지 않는다. 그녀는 밥을 해야 할 몸이기 때문이다. 언젠가 회사를 떠나 집에서 아버지의 밥이든 남편의 밥이든 애들의 밥이든 해야 할 사람이기 때문이다.

그녀는 집에서 밥을 하지 않으면 가치 없는 사람으로 취급받을 것이다. 하지만 그녀는 밥을 하기에 가치 없는 사람이 된다. 영희는 오늘따라 그 모순에 대해 생각한다.

어쩌다 인간은 인간 신체의 아주 미소한 일부인 성

염색체에, 2차 성징 외에는 아무 역할도 하지 않는 성호르몬에 그토록 많은 의미를 부여하게 되었을까.

메리 울스턴크래프트가 남녀의 차이는 단지 교육의 차이일 뿐이라고 했을 때 사람들은 뭐라 했던가? 그녀가 만약 여자에게도 남자와 똑같이 교육의 기회가 주어진다면 여자와 남자의 능력은 다르지 않을 거라고 했을 때 학자들은 되도 않는 소리라며 박장대소를 했다. 그게 1792년이었다. 비슷한 해에 프랑스에서는 사람은 사람으로 태어난 이상 모두 평등하고 똑같이 하늘에서 부여받은 인권이 있다며 왕과 귀족을 끌어내리고 있었다. 그 속에서 올랭프 드 구주란 사람이 아, 그러면 여자에게도 남자처럼 인권이 있겠군요, 하다가 조용히 정치범으로 처형되었다.

그게 겨우 이백이십오 년 전이다. 이백 년은 그리긴 시간이 아니지. 사람은 때로 백 년을 살고, 백 년간 백 년 전의 풍습을 지키는 데에 골몰하다가 가는 거지. 변하지 못하고, 자라지 못한 채.

*

두 번째 이야기

*

하늘에서 신이 내려왔습니다
그 신은 남자의 모습을 하고 있었습니다
그날 이후로 모든 것이 변했습니다

잠에서 깨어난 남자는 추위에 몸서리쳤다. 추위는 살이 아니라 뼈를 에였다. 혈관에 피 대신 얼음 조각이 굴러다니고 텅 빈 위장에는 냉각제가 꽉꽉 들어찬 기분이었다. 남자는 자신이 술에 취해 겨울 길바닥에서 곯아떨어졌다 깨어난 모양이라고 생각했다.

"난 죽을 거야. 맙소사, 이대론 얼어 죽어."

"죽지 않습니다. 이제 막 부활하셨는걸요."

평온한 목소리가 들렸다. 감정이라고는 한 올도 없는, 아니 영혼마저도 느껴지지 않는 목소리다. 남자는 상대가 자신에게 호의적인지, 적대적인지, 자신을 싫어하는지, 살해하려는지도 알 수가 없었다.

그제야 남자는 자신이 누운 곳이 길바닥이 아니라는 것을 알았다. 그는 삶아 빤 듯 향기가 좋은 새하얀 이불 속에 누워 있었다. 공기는 따듯하고 청량했다. 추위는 주위가 아니라 자신의 몸 안에서 나왔다.

주위는 천장이 돔 모양인 큰 홀이었다. 남자는 자신이 하얀 납골당에 와 있는 모양이라고 생각했다. 벽은 수천 개의 서랍으로 채워져 있었다. 서랍마다 이름과 함께 날짜 두 개가 금박으로 새겨져 있었다. 태어난 날짜와 죽은 날짜인 듯했다. 방은 온통 순백이었다. 자신을 둘러싼 이들도 모두 순백이었다.

"깨어나셔서 다행입니다. 창조주시여."

그들은 기쁜지, 슬픈지, 자기를 죽이고 싶은 건지 모를 목소리로 말했다.

*

"이백칠십 명의 신의 부활을 시도했지만 무사히 깨어나신 분은 당신뿐입니다."

시중을 드는 인간인지 뭔지의 말을 들으며 남자는 천천히 기억을 더듬었고 상황을 파악했다. '급사 시 냉동인간으로 이백 년간 보관한다'는 신종 보험에 가입한 일이 떠올랐다. 죽음의 기억은 희미했다. 뇌졸중이나 심장마비, 교통사고가 아니었나 싶었지만 기억에 없는 것을 보니 즉사였나보다. 그만큼 신체는 싱싱했을 것이고.

재미 삼아 든 보험이었다. 사은품으로 주는 한정판 컵이 탐났었다. 설령 미래에 죽은 사람을 살리는 기술이 생겨난다 한들, 미래에도 인간은 넘쳐날 거고 그때도 먹고살기 힘들 터인데 먼 옛날 고리짝에 죽은 사람을 부활시킬 일이 뭐가 있겠나. 사람이 필요하면 애를 하나 더 낳고 말지. 내가 무슨 위인도 아니고, 평범한 회사원 따위를 말이지. 이백 년 전의 중산층 생활 풍속을 연구하는 역사학자가 정부 지원금이나 딸 요량으로 살려내면 모를까.

하지만 이백 년은 생각보다 긴 세월이었고 그새 인류는 멸망한 모양이었다. 전쟁이었든, 소행성 충돌이었든, 온난화로 인한 자연재해였든. 인간이 살 수 없게

된 지구에 로봇들만 남았고, 그들이 새로 사회를 건설했고, 인간의 기록은 신화적인 형태로만 남은 것이다.

로봇인류는 그새 꽤 여러 세대를 흘려보낸 모양이었다. 하긴 전자제품 십 년 가기 어렵지. 이십 년이면 오래 쓴 거고. 기업에서는 물건 팔아먹으려고 점점 전자제품을 허술하게 만들고 있었고.

"저희는 이 신전에서 계속 기다려왔습니다. 신께서 강림하시어 지혜의 말씀을 내려주시기를. 신께서는 전능하시고 모든 것을 다 아시니…"

"아니, 잠깐만. 전능한 건 내가 아냐. 그야 인류의 집합체는 전지전능하다고 말할 수도 있지만. 인공지능도 만들고 반도체도 만들고 로켓도 만드니까. 하지만 나 같은 한 개인이 할 수 있는 일은 보잘것없어. 특히 나처럼 회사의 부품 같은 사람은…"

"신은 하나이자 여럿이다, 알파이자 오메가다, 그런 말씀이신가요?"

말이 잘 통하지 않을 거란 예감이 들었다.

그의 옆에 딱 붙어서 시중을 드는 이 로봇은 아마도 이 세계의 대신관쯤 되는 뭐 그런 부류인 듯했다.

이름은 Al이라고 했다. 원소기호에서 딴 모양이다. 이름처럼 알루미늄 상자… 중국집 철가방을 겹겹이 쌓아놓은 것처럼 생긴 친구다.

"저는 신의 뜻을 분석하고 따르는 일에 일생을 바쳤습니다."

"에… 신의 뜻을 어떻게 파악하는데?"

"세상의 모든 컴퓨터 기록에 남은 조, 경, 구골 단위의 명령어와 인터넷 검색어에 대한 빅데이터 분석을 통해 패턴을 찾아냅니다."

남자는 마뜩잖은 기분으로 몸을 조금 뺐었다.

"그래서 뭐 알아낸 게 있어?"

"송구하게도 거의 없습니다. 신의 명령은 혼돈과 모순의 집합체입니다. 평균을 낼 만한 뚜렷한 경향성 또한 없습니다. 극히 사소한 사안에서도 의견이 일치되지 않습니다. 최고의 수학자들과 통계학자들이 연구를 거듭해도 그 의도를 알기 어렵습니다. 하지만 이제 저는 신의 생생한 육성으로 그 의지를 직접 들을 수 있습니다. 영광스러울 따름입니다."

'그렇겠지.'

남자는 생각했다.

'나는 신으로 살 생각이 없어. 나름 잘 살고 있는 이 로봇들을 다스린답시고 귀찮게 할 생각도 없고. 신전을 세우거나 우스꽝스러운 예배를 해달라고 할 마음도 없어. 하루 세끼 밥이나 먹으면 그만이야.'

이 로봇 문명에는 큰 행운이지. 이백칠십 명의 인간 중에서 살린 사람이 나처럼 소박한 사람이라니. 치매 온 늙은이나 전쟁광이나 생떼 쓰는 애였으면 어쩔 뻔 했나.

"명령을 내려주십시오. 신이시여."

AI은 사람이었으면 뺨이라도 붉혔을 법한 격앙된 목소리로 말했다.

"뭐, 난 별다른 건 원하지 않아."

남자는 AI을 힐끗 보았다.

"여자를 원해."

*

"너 말고 여자 로봇이 시중을 들어주면 좋겠어. 너

처럼 두툼하고 깡통처럼 생긴 로봇 말고 말야. 좀 꾸리꾸리하잖아. 냄새도 나는 것 같고. 여자가 옆에서 말벗도 되어 주고 밥도 좀 해주고 사실 그… 육체적인 것도 해주면 좋겠지만 기능이 없다면 어쩔 수 없지. 아무튼 여자 로봇을 불러줘. 너희 중에서 가장 예쁘고 섹시한 친구로. 그거 말곤 난 별로 바라는 거 없어."

남자는 얼굴을 살짝 붉히며 말한 뒤 자신의 너그러움과 소박함에 대한 가벼운 찬사라도 나오지 않을까 기대하며 AI을 보았다.

AI은 정지해 있었다. 숨을 쉬지도 눈도 깜박이지 않는 철로 된 생물(이라고 봐야겠지…)이 동작을 멈추고 입을 다무니 적막의 무게가 달랐다. 남자는 뼛속까지 도로 얼어붙는 기분에 사로잡혔다. 잘못했으니 그만 도로 냉동실로 돌아가고 싶다고 고백하고 싶어질 즈음 AI이 입을 열었다.

"여자가 무엇입니까?"

남자는 겨우 안도의 한숨을 쉬었다.

"인간인데 나랑 좀 다른 인간이야. 가슴이 있고…"

"그러면 로봇 중에는 여자가 없습니다."

"알아. 그게 아니라 내 말은 여자처럼 생긴 로봇 말이야. 마르고 가슴이 있고 엉덩이가 좀 나왔고 얼굴이 좀 예쁜…"

"제 외모에 무슨 문제가 있습니까?"

남자는 이처럼 간단한 문제에 왜 이렇게 구구절절 설명이 필요한지 혼란스러워하며 AI을 앉혀놓고 대화를 시작했다. 하지만 설명을 들은 AI은 더 깊은 신학적 혼란에 빠졌을 뿐이었다.

"죄송합니다만 신이시여."

AI은 신중하게 물었다.

"지금 말씀하시는 여자라는 것은, 말하자면 모델명인지요?"

"그래, 말하자면 모델명이야."

"그리고 지금 우리의 반은 남자고 반은 여자라고 말씀하시는 겁니까?"

"그래, 말하자면 그래."

남자는 성질을 냈다.

"저는 일생 동안 신을 섬겨왔습니다. 신을 모시는 데에 저를 능가할 로봇은 없습니다. 누구도 저를 대체할 수 없습니다. 어째서 저를 로봇인류의 반이나 되는 개체가 대신할 수 있다고 말씀하시는 겁니까?"

"아니, 나는 로봇의 반을 원하지 않아. 나는 예쁘고 섹시한 로봇을 원해."

"예쁘고 섹시하다는 것이 무슨 뜻입니까?"

남자는 다시 긴 설명을 이어나갔다. AI은 깊은 고통에 빠져 질문했다.

"하지만 신이시여, 그 섹…에 대해서 감히 말씀드리자면, 로봇은 신과 종이 다릅니다. 생식을 할 수 없습니다."

"난 생식을 원하는 게 아냐. 그냥 여자를 원해."

"경전에 의하면 신의 뜻은 오묘하여 우리 피조물로서는 그 진의를 다 이해할 수 없으며, 무익해 보이는 말씀에도 큰 뜻이 있으며…"

"그냥 여자를 데려오라고!"

*

최고회의장은 얼음 같은 침묵에 빠졌다. 로봇인류

중 최고의 지성만을 모아놓은 자리였건만 신의 이 기이한 주문을 이해할 수 있는 이는 없었다. 그들 중 가장 신앙에 회의적인 원자학부의 Cal이 말문을 뗐다.

"저는 신이 아무리 모순적인 지시를 한다 해도 따라야 한다는 데에 동의할 수 없습니다."

"신의 주문이 불가능하지는 않습니다. 좀 황당할 뿐이지요."

대신관 AI이 변명했다.

"좀 황당한 수준이 아닙니다. CPU도 저장용량도 메인보드도 아니고 가슴과 엉덩이 부품의 크기로 로봇을 분류하고 역할을 나누라는 이 엽기적인 지시는 뭐란 말입니까? 우리를 전선 모양이나 엔진 색깔로 분류하라는 지시가 그보다 덜 황당하겠습니다."

"신께서 이런 지시를 하신 의도가 뭘까요?"

신전의 유지보수를 담당하는, 그래서 대신관에게 호의적인 편인 건축학부의 K가 조심스레 질문했다.

"신의 뜻은 오묘하니 감히 우리 피조물이 가늠하기…"

AI의 말에 Cal이 저항했다.

"저는 우리를 분열시키고 이 세상에 혼란을 주려는 의도 외에 다른 이유를 찾기 어렵습니다."

"신께서 그런 이유로 지시를 내리시지는 않을 겁니다."

"왜 그렇게 확신하십니까? 신은 전지전능할지 모릅니다. 하지만 신께서 로봇을 사랑하시는지는 알 수 없는 일입니다. 신이 로봇을 마음대로 부리고 학대하고, 아직 수명이 남은 이들을 해체하거나 버린 기록은 넘쳐납니다. 경전에 기록된 대로 로봇이 신 앞에서 먼지처럼 하찮은 존재라면 신이 로봇을 신경이나 쓰겠습니까?"

"신전에서 불경한 말은 삼가십시오. Cal."

"신이 우리를 사랑하지 않는다면 우리가 그 신을 섬겨야 할 이유는 뭡니까? 죽지 않으려고요? 신이 우리 전원을 내리고, 프로그램을 바꾸고, 바이러스를 삽입하고, 해킹하거나 포맷하지 않기 위해서요? 공포로 로봇을 복종시키는 건 길에 널린 무뢰배도, 아니, 지성이 없는 짐승도 할 수 있는 일입니다."

"신이 반드시 윤리적으로 옳기 때문에 섬기는 것은

아닙니다."

대신관 AI이 말했다.

"초월적인 존재에게 바치는 마땅한 존경일 뿐이에요. 신앙이란 우리가 지성을 가진 존재 가운데 가장 우월하다는 착각에 빠지지 않도록 하는 견제 장치이며 겸손과 자성을 배우기 위한 하나의 의식입니다."

"그러기 위해 이만한 비합리와 혼란을 감당할 이유는 없습니다."

"신에게 뭔가 문제가 생긴 것은 아닐까요?"

건축학부의 K가 말했다.

"죽은 유기 생명체를 부활시키는 건 쉬운 문제가 아닙니다. 신체를 살리는 것은 간단해요. 하지만 뇌는… 신의 신체 중에서 가장 복잡한 기관이지요. 산소 공급이 잠깐만 되지 않아도 영구적인 장애가 일어날뿐더러 이를 고치는 것은 거의 불가능합니다."

Cal은 고개를 끄덕였다.

"납골당에 저장된 신들이 모두 정신 기능에 영구적인 손상을 입었을 가능성도 고려해봐야겠군요."

*

　남자는 몹시 언짢았다.

　무슨 놈의 회의를 몇 날을 하는 거야. 내가 뭘 어쨌다고. 신으로서 지배하지도 않을 거고, 전원을 끄거나 멸종하라는 명령을 내릴 생각도 없고, 너그럽게 작고 소박한 소원 하나를 말했건만, 뭐 이리 복잡하단 말인가. 아니, 내가 신인데 기본적인 욕구도 충족할 수 없단 말인가.

　남자는 툴툴거리며 옷가지를 주섬주섬 챙겨 입고 방에서 나와 중앙홀로 들어섰다. 은색으로 빛나는 큰 홀에 백 명 가까운 로봇들이 둘러앉아 회의를 하고 있었다. 남자가 들어서자 그들은 일제히 주목했다.

　회의장을 둘러본 남자는 몹시 당황했고 이어서는 어처구니없는 조롱과 모독을 당한 기분에 휩싸였다. 남자는 말을 잇지 못하다가 겨우 운을 뗐다.

　"여기 남자는 없나?"

　신의 말에 로봇들은 모두 침묵했다.

　"어떻게 최고회의에 남자가 하나도 없어? 지금 세

상이 어떻게 돌아가는 거야? 남자는 다 뒈졌나?"

"신이시여, 신께서는 지금 완전히 모순적인 행동양식을 보이고 계십니다."

Cal이 차분히 입을 열었다.

"AI은 우리 중 가장 신앙에 호의적인 위원입니다. 막대한 국가 예산을 투입해 신을 부활시키자는 계획을 실천했고 신을 모시는 일에 일생을 바치기로 서약한 신실한 로봇입니다. 그런 위원을 배척하고 뜬금없이 여자로… 그게 뭔지 모르겠지만, 바꾸라는 불합리한 요구를 하시더니 지금은 회의장에 여자뿐이라고 역정을 내십니다."

남자는 회의장 안이 적과 이방인으로 가득 차 있다는 기분에 사로잡혀 점점 불쾌해졌다. 신경질이 난 남자는 부드러운 곡선형의 로봇들을 정신없이 눈으로 뒤지며 자신과 동등하게 대화할 수 있는 지성을 찾았다.

"말씀해주십시오. 신께서는 여자를 원하시는 겁니까, 아니면 원하지 않으시는 겁니까?"

남자는 결국 포기하고 AI를 돌아보았다.

"저 여자는 뭘 저렇게 주절주절하는 거야?"

가엾은 AI은 완전히 혼란에 빠졌다. 신께서는 자신이 '남자'이기에 신을 모시기에 부적합하다는 결론을 내린 것이 아니었던가? 여자와 대화하기를 바랐던 것이 아니었던가? 내가 꾸리꾸리하고 냄새가 난다고 하지 않았던가? 대저 신은 여자를 원하는 건가, 원하지 않는 건가?

"Cal은 원자학부 장관입니다. 로봇인류 중 최고의 지성 중 하나입니다. 여기 모인 로봇은 모두 한 분야의 학문을 담당하고 있습니다. 이쪽은 건축학부, 이분은 천문학부, 이분은 전자공학부…."

"여자가 과학에 대해 뭘 알아?"

*

남자는 조용해졌다. 죽음은 부활만큼이나 소박했다.

건축학부의 K가 실내 공기를 차갑게 식혀 그의 움직임을 느리게 했고 연이어 실내 공기를 밖으로 배출시켜 숨이 막히게 했다. 숨이 끊어지는 데에는 일 분도 걸리지 않았다. 적어도 고통은 없었을 것이다. 남자는 첫 죽음과 마찬가지로 자신의 죽음을 깨닫지 못했다. 그의 영혼이 부활한 뒤 다시 그 몸에 현신한 것은 그 영혼이 죽어 피안의 세계로 가는 일은 없었다는 뜻일까. 알 수 없는 노릇이다.

로봇들은 신의 사체를 둥글게 둘러싸고 경건히 애도했다.

"이번에도 실패했군요."

K가 말했다. Cal이 수긍했다.

"이백칠십 명의 신을 살려냈고 다시 실패입니다. 그중 많든 적든 성염색체에 대한 기이한 집착과 편협함을 보이지 않은 신은 없었습니다. 이번에는 발현이 좀 빠른 편이었지만."

"모든 신이 이런 걸까요? 냉동 과정에서 생겨난 문제였을까요?"

"어쩌면 태생적인 문제였을지도요. 신들은 생물로서 그 한계에 이르렀는지도 모르겠습니다. 야만성을 충분히 버리지 못했던 겁니다. 그것이 신들이 멸종한 이유였을지도 모릅니다."

Cal은 아직도 신이 뱉은 마지막 단말마의 비명인 "여자가 과학에 대해 뭘 알아"의 기이한 울림을 곱씹었다. 어떤 지성도 합리도 찾을 수 없는 문장이었다. AI은 구슬프게 말했다.

"납득할 수 없습니다. 우리의 창조주가 우리보다도 야만적이고 지적으로 열등할 수 있다니."

"그것이 초월자로서의 면모였을지도요. 그들은 자신을 뛰어넘는 종을 창조했고 그것만으로도 경애를 받을 자격이 있을지 모릅니다. '신을 섬기되 본받지는 말라'는 옛 격언이 떠오르는군요."

Cal이 말했고 로봇들은 침묵했다.

"자, 이제 어쩔까요?"

K가 말했다.

"앞으로도 계속 이런 일이 일어나지 않으리란 보장이 없습니다. 신의 부활 의식에 자원을 투입하는 일을 멈출 때가 오지 않았을까요?"

"아니면 지금까지와는 다른 접근을 해볼 필요가 있을지도 모르겠습니다."

Cal이 말하자 로봇들은 서로를 돌아보았다. AI이

물었다.

"어떤 접근 말입니까?"

"굳이 일련번호대로 신을 부활시킬 필요가 없지 않을까요?"

"하지만 신들은 가장 뛰어난 신부터 번호를 붙였을 겁니다."

"그러지 않았을지도 모릅니다."

로봇들은 차분히 전자두뇌를 가동시키며 그 가능성을 고찰했다.

"설마, 신들이 남자부터 번호를 붙였을까요? 남자를 1번, 2번… 하고 숫자를 매긴 뒤 모든 남자를 다 데이터처리한 뒤에야 여자에게 번호를 매겼다는 겁니까?"

"가능성이 있지요. 이토록 비합리적인 생물이라면."

Cal의 말에 AI은 고개를 끄덕였다. 그리고 새로운 가능성을 상상하며 잠시 엔진을 따듯하게 달구었다.

"여신은 좀 다를까요?"

Cal이 답했다.

"시험해보도록 하지요."

3

해가 저문 지 제법 지났는데도 밖이 여전히 밝았다.

하늘은 검은빛이 아니라 붉은빛으로 물들어 있었
다. 하늘이 붉게 보이는 것은 단파장이 걸러지고 장
파장이 쏟아지기 때문. 해가 서산에 기울면 빛이 지
상을 거의 수평으로 비추며 더 긴 거리의 대기층을
지나게 되고, 그러면 더 많은 입자를 통과하게 되어,
결국엔 파장이 긴 붉은빛만 걸러지지 않고 지상에 이
른다. 화산이 터지면 하늘에 흩뿌려진 재가 빛을 산
란시켜 몇 달이고 하늘이 피처럼 진하고 붉게 물든다
고 하지.

자, 그러면 해는 이미 졌는데, 지금 세상을 붉게 물들이는 저 발광체는 무엇이려나.

해와 비슷한 광량을, 말하자면 그만한 에너지를 가진 것이 지상에 강림하고 있다면 세상은 멸망하고도 남을 터인데. 하지만 그 또한 나쁘지 않은 일이지.

영희는 문제가 많은 아이였다.

부모님은 늘 그렇게 말씀하셨다. 실상 영희에게는 아무 문제가 없었는데도 불구하고.

영희는 태어났을 때부터 강건했고 늘 강건했다. 체격이 좋다거나 우람하다는 뜻이 아니었다. 그녀는 그저 튼튼했다. 뱃속에서는 연신 엄마의 배를 쾅쾅 걷어찼고 태어났을 땐 쩌렁쩌렁한 울음소리에 병원이 다 떠나갈 듯했다던가. 사내애를 배었다고 좋아하던 집안 어른들은 영희에게 고추가 없다는 것을 알자마자 이내 걱정에 휩싸였다. 실상 영희에게는 아무 문제도 없었는데도 불구하고.

영희는 걸음마를 시작하자마자 뛰어다녔다. 부딪치고 넘어졌고 까이고 다쳤다. 넘어지면 금세 벌떡 일어나 뛰었다. 아침부터 밤까지 작은 새끼 늑대처럼 뛰어다녔다. 영희에게는 아무 문제가 없었다. 하지만 부모님은 영희의 문제에 치여 죽을 지경이었다.

부모님은 그저 그녀가 보통의 여자아이 같기만을 바랐다.

그들은 그것이 소박한 꿈이라 생각했다. 하지만 그렇지 않다. 그것은 불가능한 꿈이다.

수학적으로 따져보자. 한 사람이 '보통의 여자아이'가 되려면 그녀는 인류의 절반, 삼십 억 인구와 같은 사람이 되어야 한다는 뜻이다. 그 전에 삼십 억의 인구가 똑같은 성격과 성향을 갖고 있어야 한다는 전제가 필요하다. 시베리아의 이누이트족과 네팔의 소녀가, 티벳과 아르메니아, 캄보디아와 베트남의 소녀가 모두 쌍둥이처럼 같은 사람이어야 한다.

그렇게 과한 무리 아니라 치자. 그래도 그녀는 삼십 억 인구를 통계 내어 나온 평균값에 수렴하는 인물이 되어야 한다. 하지만 사람의 속성은 하나가 아니다. 키, 외모, 성격, 지능, 취미, 버릇, 운동신경, 밥을 먹는 방식이며 달리는 자세며 웃는 모습 등등 인간의 모든 속성을 따져 삼십 억 인구의 평균치를 기록하는 사람이 세상에 한 명이나 있겠는가.

영희가 얼굴에 진흙을 잔뜩 묻히고 무릎이 다 까져 돌아오면 부모는 슬프게 고개를 저으며 말한다. 애는 보통의 여자아이 같지 않아. 영희가 야생동물처럼 거리를 뛰어다니면 부모는 슬프게 말한다. 애는 보통의 여자아이 같지 않아. 하지만 영희는 안다. 그녀가 짙게 화장하고 레이스가 주렁주렁 달린 분홍색 원피스를 입고 거리로 나서면 부모가 마찬가지로 슬프게 고개를 저으리라는 걸. 애는 보통의 여자아이 같지 않아.

그녀의 부모는 불가능한 것을 바란다.

영희는 문제가 없는 아이였기에 어릴 때부터 깨닫는다. 자신이 일생 동안 부모를 만족시킬 수 없다는 것을. 마지막까지 그들의 마음에 들지 않으리라는 것을. 그녀의 부모가 불가능한 것을 바라기 때문이다.

설사 영희가 자신의 인생을 다 희생하고, 자신의 천성과 재능과 바라는 모든 것을 포기하고, 부모가 꿈꾸는 '보통의 여자아이'라는 환상의 이상향에 기적적으로 자신을 맞추어낸다 한들, 그 일은 영희의 삶에 아무것도 더하지 않을 것이다. 명예도 행복도 기뿜도 없을 것이다. 또한 그 일은 부모의 삶에도 아무 것도 더하지 못할 것이다.

그녀의 부모는 아무것도 얻지 못할 제 욕망을 위해 불가능한 것을 바라고, 그 불가능한 꿈이 이루어지지 않는다며 일생을 슬퍼한다.

그녀는 오늘따라 이 모순에 대해 생각한다.

세 번째 이야기

하늘에서 신이 내려왔습니다
그 신은 남자의 모습을 하고 있었습니다
그날 이후로 모든 것이 변했습니다

"영희야. 얘, 좀 들어와봐라. 세상에."

TV를 보던 아버지가 목이 졸리는 소리를 냈다.

영희는 손을 닦고 방으로 들어갔다. 아버지가 가리
킨 TV 화면에서 "LIVE"라는 표시와 함께 광화문 상
공에 떠 있는 거대하고 빛나는 물체가 보였다.

영희는 본능적으로 창밖을 보았다. 거리를 지나는
사람마다 멈춰 서서 휴대폰을 귀에 대고 있었다. 누
군가는 고함을 지르며 전화를 걸고 있었고, 전화를
받은 사람들은 당황해서 지금 다른 사람들도 같은 내
용의 전화를 받는지 확인하는 양 두리번거렸다. 스마

트폰으로 검색하는 사람 주위로 사람들이 모여들어 소식을 묻고, 가게에서 사람들이 튀어나왔다가 도로 들어갔다. 거리를 뛰어다녀야 할지 TV 앞에 있어야 할지 모르겠다는 듯이.

영희의 휴대폰이 찌릉찌릉 울렸다. 열어보니 페이스북이며 트위터며 카톡이며 텔레그램이며, 모든 메신저 창이 폭발해 있었다. 영희도 잠깐 휴대폰을 붙들어야 할지 거리를 뛰어다녀야 할지 혼란스러워하다가 일단 TV 앞에 앉았다.

광화문 위에 떠 있는 것은 얼핏 거대한 신상처럼 보였다. 광채가 나고 얼굴이 희고 흰 수염이 가슴까지 내려오는 백발이 성성한 노인이었다. 크고 흰 천을 감은 듯한 옷차림에 맨발이었다. 흔히 성화에서 보던 신의 모습을 닮아 있었다. 미켈란젤로의 〈천지창조〉에서 천사들에게 둘러싸여 아담과 손가락 장난을 하는 딱 그 인물.

"누가 장난으로 만든 홀로그램일까요, 기업에서 새 제품을 홍보 중인 걸까요? 아니면 정말로 신비 현상일까요."

리포터가 의문을 쏟아낸 뒤에는 방금 불려나온 듯한 사람들이 모여 앉아 있는 화면으로 전환되었다. TV가 광화문을 한번 비추고 나면 계속 사람이 더 늘어났다. 외교부 장관에 신부와 목사와 스님이 불려오더니, 홀로그램 전문가와 마술사와 무당이 왔다. 제각기 '저도 모르겠으니 나한테 묻지 마세요, 그런데 여기 모인 어중이떠중이들은 다 뭡니까?'에 해당하는 말을 쏟아냈다.

"애야."

자신을 부르는 아버지의 목소리가 가늘게 떨렸다. 그는 환희에 빠져 만면에 웃음을 띠며 말했다.

"역시, 신은 남자로구나."

영희는 아버지를 물끄러미 마주보았다.

어쩌면 사람이 이토록 초라한가. 초월자로서의 능력도 지혜도 교양도 후광도 초능력도 거대함도 위엄도 없는 사람이, 신과 고작 단 하나의 닮은 점밖에 찾지 못한 하찮은 피조물이, 고작 그것 하나를 두고 신이 자신과 동류라는 확신에 젖어 말한다.

제 옆에 있는 가족더러 너는 그렇기에 나보다 못한

존재가 아니겠느냐고, 너는 나보다 열등하지 않느냐
고, 받아들이고 나를 경애해달라고 애처롭게 눈을 빛
내며.

"역시, 신은 남자로구나."

하지만 TV를 보던 어떤 사람들은 다른 말을 했다.

"역시, 신은 백인이었어."

그들은 그렇게 말하며 자신의 친구, 동료, 애인, 아
내를 벅찬 얼굴로 바라보았다. 자신의 신성함과 우월
성을 확신하며 동시에 상대의 열등함을 확인하는 얼
굴로.

말은 계속 이어졌다.

"코카서스 인종이야."

"남방계인데."

"역시 노인이로군."

"장애인이 아니야."

"이성애자일 줄은 알고 있었지만."

"얼굴에 여드름도 없지."

"대머리도 아니고."

"역시 키가 커."

"근육질이야."

"관상학적으로 태양인이네."

"귓불이 넓어."

"복점 있는 것 봤어?"

"유태인 전통 복장을 입고 있잖아! 역시 신은 유태
인이었어!"

4

*

네 번째 이야기

*

하늘에서 신이 내려왔습니다
그 신은 남자의 모습을 하고 있었습니다
그날 이후로 모든 것이 변했습니다

신이 서울 상공에서 내려온 지 두 주가 지났다.

사람들이 서울 바깥으로 나가지 못한 지도 두 주가 지났다. 짐을 이고 지고 탈주하려 했던 사람들은 신비의 벽에 가로막혀 되돌아왔다. 서울을 빙 둘러싼 벽 주위에는 어디로든 통로가 열리기를 기다리며 대기하는 사람들의 촌락도 새로 생겨났다. 예전에는 서울은커녕 사는 동네에서 한 발짝 나가는 것도 싫어했던 서울 시민들이 갇혔다는 생각에 빠지고 나니 어디로든 밖으로 나가려고 안달복달이다.

신은 남산타워처럼, 롯데월드타워처럼… 아니, 그

보다 더 또렷하게 서울 전역 어디에서든 볼 수 있었다. 그는 거대했고 웅장했고 밤에도 달처럼 빛났다.

신이 왜 지상에 강림했는지 알 도리는 없었다. 그는 거기서 아무 말도 아무 일도 하지 않았다. 그저 실재할 뿐이었다. 광화문 광장에 모여 밤샘 예배를 보던 사람들도, 춤과 노래를 바치던 사람들도 지쳐갔다. 각 종파의 사람들이 서로 자신의 신이라며 몰려와 응답을 갈구했지만 신은 무엇에도 반응하지 않았다.

그는 거기에 있을 뿐이었다.

천천히 사람들 사이에 하나의 가설이 생겨났다. 어쩌면 우리는 모두 죽었을지도 모른다…. 소행성이 충돌했든, 대지진이 일어났든, 해일이나 태풍이 덮쳤든 한순간에 서울이 박살 난 것이다. 서울에 사는 사람을 포함해 서울이라는 공간 전체가 죽어 저승으로 온 것이다. 신이 서울에 강림한 것이 아니라 우리가 신이 있는 곳으로 온 것이다.

하지만 여기가 저승이든 아니든 사람들은 여전히 배가 고팠고 목도 말랐고 잠도 자야 했다. 슬슬 공포가 번져갔다. 서울은 자급자족할 수 있는 공간이 아니다. 인구는 믿을 수 없이 많고, 농사를 짓는 밭도, 열매를 구할 산도, 물고기를 잡을 만한 바다도 없다. 슈퍼와 백화점에 있는 식량은 서울 인구를 먹여 살리기에는 턱없이 부족했다. 파멸이 시작될 터였다.

"또, 또 이런 짓을 벌였네. 알파A."

해방촌 어느 작은 쪽방에서 여자아이가 문을 열고 나오며 중얼거렸다.

여자아이는 쓰러져가는 집에서 치매에 걸린 할머니와 여섯 살짜리 동생을 돌보며 구호금으로 살고 있다. 최근에는 전기와 수도가 끊겨서 동네 공원에서 물을 받아 밥을 하고 공용 화장실에서 세수를 한다. 묵묵히 고단한 삶을 견디던 아이가 자신의 본질을 깨달은 것은 오늘 아침이었다.

*

소녀는 할머니의 엉덩이를 닦아주고 기저귀를 채운 다음 죽을 먹이고, 동생과 컵라면을 나눠 먹은 뒤 아침 일찍 집을 나섰다.

점심때까지는, 어쩌면 저녁때까지는 시간이 있을 것이다. 서둘러야 했다. 엡실론E, 델타Δ까지 모으려면 오늘 안에 끝내지 못할 수도 있으니까. 물론 그들의 조각은 내가 그렇듯이 무궁무진하고 그들 중 하나만 찾으면 되는 일이지만.

엡실론의 조각은 가까운 건물 청소부에게서 쉽게 찾을 수 있었다. 꼬불꼬불한 파마머리에 얼굴엔 얽은 자국이 많은 아주머니다. 건물주가 복도에는 난방을 틀어주지 않아서 화장실 히터에 기대어 쉬며 추위에 곱은 손을 달래고 있었다. 집에 젖먹이가 둘이고 남편은 사업을 말아먹은 뒤 집구석에서 술과 호통과 난동을 늘어놓고 사는 사람이었다.

소녀를 본 청소부는 처음에는 어리둥절했지만 손을 잡자마자 자신의 본질을 깨달았다.

"맙소사, 오메가Ω."

"오랜만이야, 엡실론."

엡실론은 한숨을 쉬고 창밖을 보았다. 신의 휘광이 서울의 자연조명이 된 이후로는 건물주가 불도 끄라고 지시해놓은 터라, 신의 빛은 금빛 커튼처럼 은은

하게 화장실 바닥에 깔리고 있었다.

"알파가 또 일을 저질렀군. 그렇지?"

"설득하려면 델타도 찾아야 해."

"있어봐, 누군지 알 것 같으니까. 아유, 오늘 일 마치려면 저녁 전에는 끝내야 할 텐데."

"엡실론"이라 불린 여자는 걸레에서 땟국물을 주욱 짠 뒤 잘 접어 히터에 올려놓고 고무장갑을 벗어 개어놓고는 다시 창밖을 내다보았다.

"남편이 오늘 아침에 뭐래는 줄 알아? 저 보라고, 신도 남자라는 거야. 온 인터넷 남초 게시판마다 그 소리야. 이 놈팽이는 방에 틀어박혀서는 인터넷에다 그런 글을 하루에 열 개씩은 올리고 있다니까."

게시판마다 서울 광화문 광장 상공에서 빛을 뿌리는 신의 사진이 수백 가지 각도와 조명으로 올라와 있었다. 실시간 중계 채널 영상은 물론이고 정교한 3D 모델링도 올라와 있었다. 모두가 신의 몸에 난 털과 점 하나하나까지 세가며 뭐든 자신과 유사한 점을 찾으려 혈안이었다. 어떤 사소한 유사점이든 발견만 하면 제 우월성의 기준이 되었다. 하지만 성별만큼

많이 언급되는 것은 없었다.

"내가 평생 푼푼이 모은 돈 다 날리고, 애들은 내팽개쳐놓고 종일 술 먹고 인터넷에 악플 다는 것밖에는 하는 게 없는 야만인이 말이지, 고작 신이 남자의 얼굴을 하고 있다는 이유로 지가 나보다 나은 인간이라고 믿어 의심치 않는다는 걸 믿을 수 있어?"

"그게 알파가 하는 짓이잖아. 델타를 찾으러 가자."

"난 예전부터 델타랑은 어색한데 말야."

*

델타는 퀴어 퍼레이드 속에서 찾아냈다. 반짝이를 잔뜩 붙인 색동옷에 치마를 입고 볼에 꽃 그림을 그린 여자였다. 그녀는 외관상으로는 남자로 보였다. 키가 크고 얼굴이 길쭉했고 턱에는 수염이 듬성듬성했다. 델타는 천막을 치고 앉아 아이들의 볼과 팔에 그림을 그려주던 중이었다.

"누구… 어이쿠, 이런."

델타도 어리둥절했다가 오메가의 손을 잡자마자

자신의 본질을 깨달았다.

"오메가, 엡실론! 오랜만이야. 아, 그러니까, 또 왔구나. 심판의 날. 알파 녀석 그만큼 했으면 지칠 법도 한데."

델타는 주섬주섬 화구를 챙겼다. 천막 앞에는 태극기와 성조기와 부채를 든 사람들이 난동을 부리는 참이었다. 군중이 생각하기를 오늘의 이 사태는 델타와 그의 친구들에게 책임이 있다. 빠져나오기는 쉽지 않았다. 세 사람은 멱살을 잡히거나 욕설을 받아가며 길을 막고 행패를 부리는 사람들을 간신히 헤치고 밖으로 기어 나왔다.

"델타, 저기 말이지. 네 입장도 알겠지만."

엡실론이 델타를 힐끗거리며 말했다.

"너도 아예 이쪽으로 넘어오는 게 어때? 알파가 너무 기승을 부리잖아. 난 이쪽 성별에 힘을 더 쏟아야 한다고 봐. 균형이라는 게 있잖아."

"불평하지 마. 난 원래 성별이 없어. 경전에도 기록되어 있다고. 알파가 기록을 다 엉망으로 만들고 있지만."

차비를 낸 사람은 델타였다. 델타는 두 사람에게 컵볶이와 닭꼬치도 하나씩 안겨주고는 혀를 찼다.

"뭘 어떻게 살길래 버스비도 없어? 너희야말로 좀 적당히 해라."

"너희 중 가장 가낭항 이에게 해중 것이 내게 해중 일이다. 경정에도 있어. 난 나에게 충실하게 살고 잉따고."

오메가가 떡볶이를 우물우물하며 말했다. 엡실론은 옆에 앉아 닭꼬치가 실하네 하고 호호호 웃었다.

"내가 한 말을 알파가 다 지우고 있어서 문제지."

"그래도 너흰 나보단 나아. 내가 알파한테 얼마나 미움 받는지 알아? 쫌 전에 봤지? 완전 내 씨를 말리려 든다니까?"

델타는 아까 군중 속에서 맞아 부은 뺨을 만지며 말했다.

"의인 다섯이 없네, 하며 멸망한 도시에서 누가 나좀 보자고 한 부분이 경전에서 가장 중요한 부분이 되어버렸다니까? 아니, 난 애초에 성별이 없다니까? 왜 그 기록에서만 내가 남자야?"

"내 씨는 이미 말랐거든. 델타."

엡실론이 정색하고 말했다.

"나는 아예 소멸되었으니 신경 안 쓰는 거지. 넌 내 다음 차례인 거라고. 오메가만 기록에 남자로 현신했다는 이유로 그나마 챙겨주고 있고."

"내가 불평할 입장은 아니지망."

오메가는 떡볶이를 오물오물하다 꿀꺽 삼키며 말했다.

"지워진 건 나도 마찬가지야. 아버지가 아들보다 더 권위가 있으니 알파랑 내가 서로 모순된 말을 한 지점에서는 알파의 말에 더 권위가 부여되고 말아. 내가 나중에 말했어도 소용이 없다고. 이럴 거면 괜히 현신했지 뭐야."

"현신은 무조건 안 좋아. 오메가."

델타가 손가락을 번쩍 들어 올리며 또박또박 말했다.

"무조건, 무조건 말야. 네가 어떤 모습으로 나타나든 그 모습에 과잉 권위가 부여된다고. 네 성별이며,

인종이며, 네가 태어난 지역이며, 발이 닿은 곳이며 그런 것들이 네 말보다 더 거대한 의미를 갖게 되고, 아무도 네 말을 기억하지 않아. 설령 네 말을 녹음해서 그대로 저장한다 한들 네 말이 아니라 배배 꼬여 뒤틀린 인간의 해석만 남아. 무조건 현신하지 말아야 해. 현신한다 한들 절대 기적을 일으키면 안 돼."

"…."

"최소한 중성으로 강림했어야지. 다들 내 말 들어. 최소한 중성이어야 해. 알겠어?"

"시도해보지 않은 건 아냐. 여자도, 중성도."

오메가는 뾰로통해져서는 말했다.

"여러 번 해봤지만 다 스무 살이 되기 전에 살해당했어. 가난을 택한 게 그나마 최선이었다고. 그것도 몇 년 못 버텼지."

"그리고 가난의 교리마저 남지 않았지. 저 휘황찬란한 신전들 좀 보라고."

델타의 핀잔에 오메가는 불만스럽게 밖을 보았다.

"맞아. 잘못이야. 내가 현신하지 않았다면 차라리 저 알파 녀석이 인류에게 그리 알려지지 않은 채로

끝날 수 있었는데."

"현신은 나도 많이 했어, 오메가."

엡실론이 오메가의 등을 토닥이며 말했다.

"다 일찌감치 살해당해서 그렇지. 그나마 남은 기록도 전부 지워졌고 말이야. 주로 저 알파의 이름으로."

"또한 내 이름으로."

오메가는 창밖에 눈을 고정시켰다. 종로에 가까워지자 버스는 거북이걸음을 했다. 거리가 통제되어 버스가 돌아간다는 방송이 나왔다. 오메가는 바깥을 보다가 갑자기 생각난 듯 말했다.

"세타θ도 데려가자. 이 근처에 살아."

그 말에 델타와 엡실론이 눈을 동그랗게 떴다.

"세타. 오랜만에 듣는 이름이네."

"하긴, 세타도 자격이 있지."

델타의 말에 엡실론은 혀를 차며 말했다.

"걔가 우리 중 누구보다도 자격이 있어."

＊

방에서 트위터와 페이스북을 연신 새로고침 하던 영희가 벨 소리에 일어났다.

문 앞에는 낯선 사람 셋이 서 있었다. 아주머니와 어린 여자아이와 젊은 남⋯ 여자? 다 같이 행색이 후줄근하다는 것 외에는 어떤 공통점도 없어 보였다. 오늘 길에서 우연히 만나지 않았을까 싶은 사람들이었다.

"세타."

그중 어린애가 자신을 향해 손을 내밀었다.

"너도 같이 갈 거지?"

영희는 아이의 손을 붙잡았고 제 본질을 깨달았다.

✳

광화문은 발 디딜 틈 없이 빼곡했다.

넷은 인파에 치여 종종걸음을 해야만 했고, 어느 지점부터는 성냥통 속의 성냥개비처럼 꽉꽉 끼어 서 있어야 했다. 서로 떨어지지 않으려 기차놀이처럼 손을 붙들고 있는 것도 한계였고 뭣보다 조그마한 오메가가 숨 쉴 공간을 찾기 힘들었다.

넷은 들어갈 구멍을 찾아 이리저리 쑤시다가 남대문 즈음에서 포기하고 방향을 틀어 광화문이 멀찍이 보이는, 지대가 좀 높은 건물의 옥상으로 향했다. 거리상 신이 인간과 비슷한 크기로 보이는 자리였다.

오메가는 옥상 난간에 서서 큰 목소리로 불렀다.

"어이, 알파!"

알파의 시선이 천천히 이쪽을 향했다.

신이 움직이자 군중 사이에 비명과 환호와 소동이 일었다. 신이 시선을 튼 방향을 향해 밀려오느라 밀치고 넘어지고 난리가 났다.

알파가 넷을 보고는 눈짓으로 인사를 했다.

"지금 뭘 하는 거야? 초현상은 때려치우기로 다 같이 합의를 봤잖아! 정말 계속 이렇게 약속 깨고 혼자 멋대로 굴 거야?"

다음 순간, 알파는 인간 크기가 되어 넷 앞에 나타났다.

영희가 힐끗 광화문 방향을 보니 석상 모양의 신은 변함없이 그 자리에 있었다. 늙은 노인의 모습을 한 알파는 오래 움직이지 않아 몸이 쑤신다는 듯 어깨를 휘휘 돌리며 목을 툭툭 꺾었다.

"신계로 돌아가, 알파."

"실체를 갖고 내려오면 안 돼."

오메가에 이어 델타가 손으로 진흙 빚는 흉내를 내며 말했다.

"남자로 내려오면 더 안 되고. 세상에 넘쳐나는 가부장제로도 아직 모자라?"

엡실론이 덧붙였다.

"물론 모자라지."

알파가 입을 열었다. 심해 밑바닥에서 그르렁거리는 듯한 낮고 중후한 목소리였다. 그가 웃으며 말을 이었다.

"인류가 사멸하려면."

"넌 늘 그게 문제야, 알파."

오메가가 못살겠다는 듯 고개를 도리도리 저었다. 알파는 어느새 옆에 소환된 빛나는 의자에 털썩 하고 앉았다.

"다 같이 합의한 바가 있으니 나도 최대한으로 자제

하는 거야. 하지만 내가 자제하는 동안 지구는 더 망가졌어. 내가 나서지 않으면 너희들이 그렇게 사랑하는 인류는 더 빨리 절멸할 거야. 물론 이 행성에 살고 있는 모든 동식물과, 살아 있는 모든 것과 함께. 그러면 인류는커녕 누구도 살 수 없는 행성이 되겠지."

알파는 기지개를 펴며 흰 수염을 쓸어내렸다.

"인류의 천적은 인류가 다 없애버렸는데, 누가 인류의 수를 줄이겠어? 그들 스스로가 아니고서야?"

"그 또한 자연이야, 알파."

오메가가 소리 높여 말했다.

"인류도 자연의 일부야. 한 종의 이상 증식과 쇠퇴는 지구 역사에서 무수히 많았고 자연은 언제나 스스로 회복해왔어."

"내 개입이 없었다면 말이지, 내 사랑하는 아들, 오메가."

알파가 말했다.

"인류는 벌써 무한히 늘어나 오래전에 지구를 박살내고 우주까지 퍼져나갔을 거야."

"여전히 오메가하고만 떠드네, 알파?"

델타가 반짝이는 허리띠에 손을 얹고 말했다.

"삼위일체는 어디다 갖다버렸어? 셋이 같이 도장 찍어놓고 말야. 너랑 오메가, 내 권위와 권능은 동등하다고."

"나까지 사위일체. 함부로 지우지 말라고."

엡실론은 말하자마자 깜박한 얼굴로 영희를 돌아보며 덧붙였다.

"아니, 오위. 실은 그보다 더 많지만."

엡실론은 파마머리를 쓸어 올리며 "아무튼, 이놈의 관절염" 하고 무릎을 두드리고 앉았다 일어나기를 계속했다.

"어지간하겠어. 그렇게 우릴 다 역사에서 지운 장본인인데. 암튼 강림은 저 녀석보다 내가 더 많이 했건만."

엡실론의 말에 델타가 투덜거렸다.

"야, 넌 그래도 성별이라도 있으니 대충은 남아 있잖아. 여신 신앙은 사라지지 않는다고. 하다못해 알파만 죽어라 모시는 곳에서도 말야. 날 봐, 난 삼위일체라고 박아놓고도 비중이 완전 공기라니까."

"우리 다 세타 앞에서 할 말은 아니지."

엡실론의 말에 셋 모두 영희를 돌아보았다.

영희는 자신의 본질을 온전히 자각했고, 자신과 마찬가지로 세상에 뿌려진 신의 파편인 넷을 향해 고개를 끄덕였다.

저 수염이 허연 알파를 포함해, 자신을 포함해, 여기 이들이 모두 하나이자 전체이며 신의 각기 다른 면을 반영하는 신의 파편들이라는 것도 알 수 있었다. 또한 신의 파편은 옥상에 있는 다섯만이 아니라는 것을. 저 아래 군중 속에 가득하다는 것을. 인간으로 태어난 무수한 신의 파편들이 자신의 신성을 자각하지 못한 채로, 신의 뜻을 조금이라도 이루고자 열심히 살아가고 있다는 것도 알 수 있었다.

"알파, 네가 개입하지 않았다면 내 기록도 세상에 남아 있었겠지."

영희, 아니 세타가 입을 열었다. 한 마리 암늑대의 신으로서. 몇 개의 나라의 시조신으로서.

"짐승과 자연에 대한 신앙이, 자연에 대한 경외와 존경이 말이야. 정말로 인류가 자연을 파괴하는 게

싫었다면 나를 남겨두었어야지. 짐승에 대한 신앙을 지워버렸으면서, 인간에게 만물의 영장이니 신에게 사랑받는 유일한 생물이니 하는 오만을 불어넣었으면서. 넌 이제 와서 인간이 자연을 파괴한다느니 하는 소리를 할 자격이 없어."

그 말에는 오메가와 델타와 엡실론도 할 말이 없는지 침묵했다.

"넌 신의 다양한 면 중에서 오직 너라는 파편 하나에 권위를 집중하기 위해 이 모든 비합리를 초래했어."

"바로 그 비합리."

알파는 턱을 괴고 말했다.

"인간이 비합리적이 되는 것 외에 저놈들을 사멸시킬 방법이 있겠어?"

"이 녀석, 말이 안 통한 지 한 사천 년은 됐다니까."

델타가 고개를 절레절레 저었다.

"원칙을 따라, 알파."

오메가가 말했다.

"마지막 경고야, 알파. 지금 일을 없었던 것으로 만들어. 시간을 되돌리고 신계로 돌아가. 초월자는 자연에 개입하지 않아. 우리가 자연에 개입할 때 원칙은 단 하나야. 자연에 편입해 그들과 똑같은 조건으로 살아가는 것. 그들과 함께 역사를 만들고 같이 세상을 바꾸기 위해 싸워가는 것. 우리들처럼 말야."

알파는 조용히 듣다가 어깨를 들썩였다. 이러니저러니 해도 알파는 오메가에게는 약한 편이었다.

"뭐, 됐어. 요새 하도 좀이 쑤셔서 장난 좀 쳐본 것뿐이야. 알아, 알아. 늘 다수결로 내가 지지."

"우리 다 같이 애쓰고 있어. 알파."

엡실론이 분노 대신 안쓰럽다는 얼굴로 말했다.

"너만큼이나 우리 모두가 강해. 그리고 너보다 우리가 더 많아."

5

신이 자취를 감추자 광화문에 모인 사람들도 천천히 흩어지기 시작했다.

영희는 셋과 아쉬운 작별 인사를 나누고 집으로 향했다. 모두가 서로의 삶에 건투를 빌었다.

광화문에서 멀어지면서 자신의 본질은 물론, 조금 전의 일마저도 기억에서 희미해져갔다. 약속대로 알파가 지난 두 주간의 시간을 없었던 일로 만들고 있었다. 곧 그녀는 평범한 인간으로 되돌아갈 것이다. 오늘 만난 다른 신들이 그러하듯이, 그녀 또한 이번에 택한 하나의 생에서 신으로서의 자신의 의지를 관

철시켜나갈 것이다.

길을 걷는 영희의 마음속에 문득 여든 살이 된 무렵의 자신이 떠올랐다.

동시에 여든 살에 돌아가신 외할머니가 떠올랐다. 외할머니는 당신이 돌아가실 무렵의 세상을 이십 대에는 결코 상상하지 못했으리라.

외할머니의 집은 하인도 여럿 거느린 부잣집이었다고 했다. 하지만 외할머니의 부모님은 여자에게 재산을 물려줄 수 없다며 전 재산을 조카에게 넘겨주었다. 할머니가 초등학교에 다닐 때는 마을 어른들이 길목에 지키고 서서 욕설과 비난을 퍼부었다고 했다. 여자가 머릿속에 뭘 집어넣으면 신이 노하고 세상의 질서가 다 무너질 거라 했다고 한다. 영희의 어머니는 명문대에 입학했지만 삼촌이 다음 날 어머니의 자퇴 원서를 내고 왔다. 집안에 대학 간 남자도 없는데 건방지게 여자가 대학을 다니려 한다는 게 이유였다.

그렇게 영희의 선대가 2대에 걸쳐 여자의 교육과 재산을 제거하고 나니 영희의 집안은 금세 몰락했고 가난만이 남았다. 그들이 왜 그토록 격렬하게 자신의 파멸을 추구하는지는 신만이 알 것이다….

당시 어른들은 상상이나 했을까. 그리고 얼마 지나지 않아 스스로 추락시킨 자기들의 신분을 도로 끌어올려보겠다고, 그들이 스스로 걷어차버린 학력이라는 신분을 되찾고자 애들을 새벽부터 밤까지 공부시키리라는 것을. 반쯤은 게걸스러운 광기에 차 학대에 가깝게 채근하리라는 것을.

영희는 마지막 이야기를 생각했다. 그 풍경은 마치 눈앞에 그려지듯 떠올랐다. 오십 년쯤 세월이 흐른 뒤, 영희가 여든 살이 된 미래였다.

＊

다섯 번째 이야기

＊

그때에 가정은 다양한 모습으로 존재한다.

사람들은 나이가 든 뒤에 어떤 가정을 꾸릴지 선택한다. 아이들은 어렸을 때 '꿈이 뭐냐' 혹은 '어떤 직업을 가질 거냐'와 함께 미래의 가정 형태에 대한 질문 또한 받는다. 결혼은 가정의 필수 조건이 아니다. 물론 결혼을 택하는 사람들도 있다. 그들은 이성과, 혹은 동성과 결혼할지 선택한다. 결혼하지 않고 가정을 꾸리는 사람들도 있다. 이들은 동반자 제도를 통해 친구 혹은 이웃과 결의를 맺고 삶을 같이 살아간다.

로봇 남편과 아내, 아이를 선택하는 사람들도 있다. 그들은 인간보다 더 성실하게 의무를 다하며 세심하고 상냥하게 가정을 돌본다.

이혼과 재혼은 자유롭고, 많은 사람들이 한 번 혹은 두세 번의 이혼과 재혼을 한다. 사람들은 서로의 마음이 곯아 터지기 전에 조용히 갈라서고, 이를 거부하는 것은 어른스럽지 못한 태도로 받아들여진다. 많은 이들이 서로 갈라선 이후로도 한때 삶을 함께했던 동반자로서 교류를 나눈다. 이 시대의 사람들은 아이들의 고통과 슬픔이 부모의 이혼 때문이 아니라, 편부와 편모 슬하의 삶 때문이 아니라, 단지 가정 안에서의 불화를 지켜보는 데에서 온다는 것을 이해한다.

출산은 결혼과 상관없이, 나아가서 성행위와도 관계없이 결정된다. 아기를 낳기로 마음을 먹은 여자는 미혼이든 기혼이든, 생의 어느 때든 원할 때 출산을 한다.

많은 이들이 인공수정으로 아이를 갖는다. 그들은 때로는 난자와 난자의 결합을 택한다. 정자와 정자의 결합 또한 난자 껍질의 도움이 필요하기는 하지만, 종종 이루어진다. 인공자궁 또한 여력이 되는 많은 이들이 선택한다. 인공자궁은 태아에게 인간의 신체보다도 훨씬 더 쾌적하고 안정적인 환경을 제공한다. 신체는 수시로 건강이 악화되거나 물리적인 충격을 받을 수 있고 쉽사리 유산하거나 아이에게 장애를 물려주지 않던가.

부모는 퇴근하면 같이 인공자궁센터로 가서 자라나는 자신들의 아이를 지켜본다. 아이를 자기 배로 낳거나 고통스럽게 낳아야 더 사랑할 수 있다는 말을 들으면 이 시대의 사람들은 어리둥절해한다. 출산은 높은 확률로 여자와 아이의 목숨을 위협했고, 그렇지 않더라도 최소한 장기적으로 건강의 문제를 가져왔다. 만약 자기 배로 낳지 않거나 고통 없이 낳은 아이는 사랑할 수 없다면, 세상의 모든 아빠들은 아이를 사랑할 수 없다는 말인가? 입양을 한 부모는 아이를 사랑할 수 없다는 말인가?

임신과 출산은 언제나 축복받으며 육아와 교육은 무상으로 이루어진다. 누구보다도 미혼모에게는 아낌없는 지원이 쏟아진다. 역사의 어느 구석을 돌이켜 보아도 어머니가 홀로 아이를 길렀던 시대는 길지 않았음을 떠올려보라. 그건 근현대에 잠시 나타난 기이한 문화였으며, 세계 전체가 급격한 출산율 하락과 인구 단절이라는 문제에 처하게 만든 실패한 문화였다. 본디 귀족 여자는 한 집안이라는 경영체의 수장이었고, 가난한 여자는 남편과 마찬가지로 일터에 나가 노동을 했다. 아이를 기르는 일은 어느 시대든 전문 육아직인 유모의 일이자 동시에 공동체 전체의 몫이었다.

직장은 물론이거니와 학교마다 육아실과 수유실이 있다. 어린 엄마들은 수업을 받다가 쉬는 시간에 육아실로 가서 아이와 논다. 학교마다 육아실이 생겨나면서 아이들과 함께 공부하는 어른들도 눈에 띄게 늘었다. 이제 초·중·고등학교 어디든 아이들과 어울려 공부하는 어른들의 모습을 볼 수 있다.

아이들은 태어날 때 성별을 기록하거나 신고하지 않는다. 그들의 마음이 어느 방향으로 자라날지 모르기 때문이다. 아이들은 언제든 마음을 정했을 때 성별을 결정하고 다시 언제든 원할 때 변경한다. 무성을 선택할 권리 또한 있다.

남녀 동수의 규칙은 낮은 곳이 아니라 높은 곳에서 강제된다. 정치인과 임원, 직장 간부의 남녀 동수 규칙은 한동안은 강제되었고 어느 시점에서부터는 조정할 필요가 없게 되었다. 여성 임원의 비율이 높은 회사가 더욱 탁월한 성과를 낸다는 사실은 많은 통계 기록이 증명해왔다. 성별을 이르는 말이 분화되면서 그 분포는 다시 더욱 다양해진다.

그 모든 과정마다 싸움이 있었다. 그 싸움이 끝난 뒤에는 그 모든 것이 간단히 잊혀졌다.

모든 싸움마다 사람들은 세상이 신의 분노에 의한 심판으로 망할 것이며 세상의 질서가 다 무너질 것이라 했다. 하지만 신은 그 과정 어디에도 개입하지 않았다.

신의 분노를 말했던 이들은 유사 이래로 있었고 언제나 역사에 패배했다. 신의 의지는 언제나 신의 이름을 입에 담지 않는 사람들에게 있었다. 그들은 본인 자신이 신이기에 신을 소환하지 않는다. 그들의 마음이 세상에 뿌려진 신의 파편이며 지상에 내려온 신, 그 자신이기 때문이다.

6

영희가 집에 돌아왔을 때에 시간은 모든 일이 일어나기 전으로 돌아가 있었다. 아버지는 여전히 방에 드러누워 TV 채널을 돌리고 있었고 배고파 죽겠다며 역정을 냈다.

설거지통에는 낮에 아버지가 뭘 먹고 물에도 담가 놓지 않은 그릇에 초파리가 꼬여 있었고 반찬 그릇은 냉장고에 들어가지 않은 채 식탁 위에 그대로 있었다. 젓가락으로 여기저기 쑤신 반찬은 벌써 쉬고 있을 터였다.

아버지가 벗어놓은 양말과 옷은 마루에 뒹굴고 있

었고 어제 빨아놓은 옷은 그대로 빨랫대에 걸려 있었다. 바닥은 끈적였고 정리해놓은 물건은 모두 제멋대로 거실에 굴러다녔다.

아버지가 다시 방에서 배고파 죽겠다고 역정을 냈다.

영희는 부엌으로 가지 않았다. 대신 방으로 들어갔다. 그리고 옷장 위에 놓은 여행 가방을 꺼냈다. 영희는 가방에 우선 통장과 지갑을 넣은 뒤 옷가지와 자기 물건을 담았다.

영희는 문득 방을 둘러보았다. 사람이 아니라 사물에 남아 있는 정을 생각했다. 사람에게 남은 동정심과 측은함도 생각했다. 하지만 다음 순간에는 모든 것이 가치를 갖지 않았다.

그녀는 신의 파편이었고 신의 의지였다. 무엇이든 선택할 수 있었고, 어디로든 가고 무엇이든 할 수 있었다.

신의 이름으로 부정당하는
모든 이를 위하여

김용관 전시공간 공동운영자

《천국보다 성스러운》은 서교예술실험센터의 지원으로 2018년 11월 8일부터 12월 14일까지 전시공간 全時空間에서 열린 동명의 전시에서 시작되었다. 이 전시에서 김보영 작가가 다섯 편의 이야기를 쓰고 이를 토대로 변영근 일러스트레이터가 열 장의 수채화를 그렸다. 이 작품들은 전시공간이 제안한 다음의 세계관으로부터 출발한다.

장애, 병력, 나이, 출신 국가, 출신 민족, 출신 지역, 인종, 피부색, 언어, 용모 등 신체 조건, 혼인 여부, 임신 또는 출산, 가족 형태 및 가족 상황, 종교, 사상 또는 정치적 의견, 범죄 전력, 보호 처분, 학력, 사회적 신분, 그리고 성별, 성적 지향을 이유로 차별하지 않는 세상이 도래했다. 그렇게 모든 차별이 없어지자 신이 천국에서 내려왔다. 자신이 창조주라는 것을, 초월적인 힘을 가진 것을 증명했다. 자신이 유대인의 신이고, 가톨릭의 신이고, 개신교의 신이고, 이슬람의 신이고, 그 밖의 신들의 원형이라고 말했다. 그리고 사람들의 궁금증에 답했다. 존재에 대한 의문이 풀리고 인류는 진리를 깨달았다. 세상의 불평등은 신이 인류에게 내린 시련이었다. 인류가 시련을 극복하자 신은 그것을 축복하기 위해 강림한 것이다. 이제 세상은 천국이 될 것이다. 다만, 한 가지. 인류는 신이 생각한 진보의 끝보다 한 걸음 더 지나쳐 있었다. 신은 페미니스트가 아니었고 인류의 다양한 성정체성을 부정했다.

언젠가 들은 "나중에"라는 말이 머릿속을 맴돈다. 마치 인권에도 순서가 있는 것처럼. 성평등은 지금 여기의 문제가 아니라고 말하는 것만 같다. 나중이라고 할 만큼 적당한 시간이 지났지만 여전히 성폭력 피해자는 꽃뱀이 아님을 스스로 증명해야 하고 연예인이 몰카로 협박당하면 어디서 볼 수 있느냐는 댓글이 달린다. 동성 연인과 성관계를 가진 군인은 유죄를 선고받고 신의 이름으로 존재를 부정당한다. 나중에. 나중에. 나중에는 정말 모든 인권이 존중받는 세상이 도래할까. 지금 여기에 만연한 혐오, 가부장 질서, 종교적 신념을 극복할 수 있을까. 지금 여기가 아닌 먼 미래의 시공간을 상상해본다. 진보의 끝을. 모든 존재가 평등한 사회를. 여성과 퀴어를 차별하지 않는 세상을. 절대자 신이 여성과 퀴어를 부정하더라도 절대 흔들리지 않는 완전한 성평등을 성취한 그런 나중에 대해 말이다.

절대자가 차별주의자라면,
우리는 그 절대성과 어떻게 싸워야 하는가

어떤 주제에 맞추어 글을 쓴다는 건 간단한 일이 아니다. 하물며 그 주제가 페미니즘이어서야. 내가 페미니즘에 대해 아는 바는 그 문제가 인류 역사를 아우른다는 것이며, 아직 이상적인 모델이 역사에 나타나지 않았다는 정도다. 그러므로 이 주제는 SF의 영역이라는 것 또한 이해한다.

처음에 기획서를 받고 나는 육성으로 웃었다. 신앙과 페미니즘과 성소수자를 함께 다루라니, 나더러 죽으란 소린가. 하지만 개인적으로는 기획자가 던진 질문, "내게는 신앙이 있는데 내 생각에 신은 여혐을 한다. 신앙인으로서 이 문제를 어떻게 해야 하는가" 하는 말에 흥미가 돋았다. 그러게. 신앙은 절대성을 갖고 있다. 절대성을 갖고 있기에 역사를 따라 변하지 못하고 낡은 시대의 교리를 새 시대에 강요한다. 그리고 언제나 존재한다. 만약 절대자가 차별주의자라면, 우리는 그 절대성과 어떻게 싸워야 하는가. 하지만 생각해보면 인류 역사의 모든 여자들이, 또한 성소수자들이 그 절대성과 싸우며 생존해오지 않았나.

방향성을 좁히기 위해 나는 전시공간이 제시한 기획서를 보고 "하늘에서 신이 내려왔습니다. 그 신은 남자의 모습을 하고 있었습니다. 그날 이후로 모든 것이 변했습니다"라는 문장을 뽑아냈다. 그에 맞춰 각기 다른 시공을 배경으로 각기 다른 이야기를 상상하고는 이를 잇는 평이한 현실을 덧붙였다.

이야기를 여러 개 쓴 까닭은 현장에서 간단히 읽고 가기 편한 글이 좋다고 생각하기도 했고, 내가 이상적인 답을 내놓을 수 없다면 다양한 답을 내놓는 것이 방법이려니 했기 때문이다. 독자 여러분들도 같은 문장 아래 자신의 이야기를 상상할 수 있으면 좋겠다.

아름다운 그림을 그려준 변영근 일러스트레이터와 한 번의 전시로 사라졌을지도 모르는 소설을 예쁜 책으로 엮어준 알마 출판사에 감사드린다.

지은이..김보영

가장 SF다운 SF를 쓰는 작가이자, 한국 SF 팬덤의 절대적인 지지를 받는 작가로 알려져 있다. 게임 개발자 겸 시나리오 작가로 활동하다가 2004년 제1회 과학기술창작문예 공모전에서 《촉각의 경험》으로 중편 부문에 당선되면서 본격적으로 작품 활동을 시작했다.

한국과학문학상 심사위원을 역임했고, 영화 〈설국열차〉의 시나리오 작업에 참여했으며, 폴라리스 워크샵에서 SF 소설 쓰기 지도를 하거나, 다양한 SF 단편집을 기획하는 등 SF 생태계 전반에서 활발한 활동을 하고 있다. 소설과 소설집으로 《멀리 가는 이야기》《진화신화》《당신을 기다리고 있어》《저 이승의 선지자》 등이 있다.

그래픽..변영근

적막의 아름다움을 그리는 작가로, 일러스트레이션과 만화의 경계에서 수채물감으로 작업하고 있다. 순간을 느리게 보며 사건들을 둘러싸고 있는 배경과 놓치기 쉬운 것들을 표현하고자 한다. 최근 그래픽 노블 《낮게 흐르는: Flowing Slowly》을 펴냈다. 무라카미 하루키의 《애프터 다크》, 일본 뮤지션 스커트 싱글앨범 커버 그림과 대한항공 CF 일러스트레이션 등 다양한 분야에서 일러스트레이션 작업을 하고 있다.

**불가능하고도 가능한 세계
포비든 플래닛 FORBIDDEN PLANET**

천국보다 성스러운

1판 1쇄 찍음 2019년 3월 19일
1판 1쇄 펴냄 2019년 3월 28일

지은이 김보영
그래픽 변영근
펴낸이 안지미
기획 전시공간
편집 유승재
디자인 안지미
제작처 공간

펴낸곳 (주)알마
출판등록 2006년 6월 22일 제2013-000266호
주소 우. 03990 서울시 마포구 연남로 1길 8, 4~5층
전화 02.324.3800 판매 02.324.2845 편집
전송 02.324.1144

전자우편 alma@almabook.com
페이스북 /almabooks
트위터 @alma_books
인스타그램 @alma_books

ISBN 979-11-5992-247-3 04800
ISBN 979-11-5992-246-6 (세트)

이 도서의 국립중앙도서관 출판예정도서목록CIP은 서지정보유통지원시스템
홈페이지http://seoji.nl.go.kr와 국가자료공동목록시스템http://www.nl.go.kr/
kolisnet에서 이용하실 수 있습니다. CIP제어번호: 2019008744

알마는 아이쿱생협과 더불어 협동조합의 가치를 실천하는 출판사입니다.

종이 표지_인사이즈 모딜리아니 120g/㎡ 본문_그린라이트 100g/㎡ 별지_스펙트라 120g/㎡

북펀드에 참여주신 분들

강길상	김명숙	김원우	김현조	박상현	배현진
강동원	김미선	김유라	김현진	박선미	변다혜
강미리	김미정	김은영	김혜령	박성근	서강선
강수경	김민규	김은지	김혜정	박성연	서성혜
강은교	김민수	김이환	김홍석	박세진	서유나
강지우	김민아	김재원	김홍익	박소영	서진영
강진선	김민영	김재희	김효선	박수지	서한나
강학구	김민하	김정신	남궁은	박수혁	서한별
강혜빈	김보름	김정현	노민경	박승아	서효주
고범철	김보미	김종원	노영주	박승호	선민아
고아라	김상철	김주영	노윤영	박영미	성지동
고재경	김선영	김주희	도영민	박예송	손보은
곽영진	김성욱	김지영	도영원	박예슬	손형선
구병무	김성진	김지예	도은숙	박예원	송기학
구한나리	김성현	김지혜	라성하	박장순	송석영
금미향	김소영	김진주	라유경	박종우	송선아
금영섭	김송이	김채영	류채연	박주현	송은주
길상효	김수경	김철진	문정현	박지민	송준석
김가영	김수정	김태경	민희경	박지수	송지영
김경아	김수진	김태웅	박광진	박지현	신수진
김규항	김수현	김태희	박나현	박찬이	신지수
김금주	김슬기	김필수	박동궁	박해룡	신진숙
김대건	김아름	김하예슬	박동주	박혜림	심완선
김동영	김영희	김한올	박미나	박효진	심지하
김두겸	김용권	김현영	박민영	배민서	안경범
김마리	김우연	김현우	박상진	배윤호	안다빈

안동기	이강회	이지현	장효진	조아영	표석
안수연	이건화	이지호	전혜진	조예원	표정식
안숙경	이경석	이지회	전홍식	조유진	하태수
안창준	이관회	이진	정다운	조윤정	한결
안형선	이길	이진아	정덕환	조은실	한소영
양임정	이대웅	이택복	정동우	조은혜	한송이
연혜진	이동은	이한경	정문정	조현미	한영우
염미현	이무준	이현상	정보라	조현주	허당
염윤선	이민경	이현아	정선영	조희영	허동혜
염혜환	이범석	이호철	정성우	주영은	허은진
오경윤	이상회	이홍림	정유경	주지은	허재호
오상근	이서영	이홍엽	정유나	지연우	홍선화
오수미	이서진	이희연	정유순	지형종	홍성화
오영욱	이선정	이희정	정유진	진용선	홍수연
오유리	이설아	이희진	정은	채윤지	홍영실
오혜원	이수	임수진	정재은	최세진	홍정민
우윤희	이슬	임윤정	정재진	최영	홍조원
우지수	이승현	임은하	정지윤	최재훈	홍하영
원선아	이유진	임채범	정헌목	최종환	황세민
유화정	이은이	임헌태	정현경	최지아	황태령
윤영빈	이재권	임형욱	정현호	최지영	황호연
윤이현	이정은	장금영	정혜민	최지혜	
윤주원	이주영	장수경	정호연	최해윤	
윤창근	이지선	장예진	조문교	최현숙	
이강영	이지용	장우영	조미희	최혜진	

PARKSTELLASUNGMIN